AF404542

# PROCLAMATION

DU

# MAHDI DU SOUDAN

PAR

A. DE C. MOTYLINSKI

(Extrait du Bulletin de Correspondance Africaine, 1884, n° V-VII)

ALGER

IMPRIMERIE DE L'ASSOCIATION OUVRIÈRE P. FONTANA ET Cⁱᵉ

1885

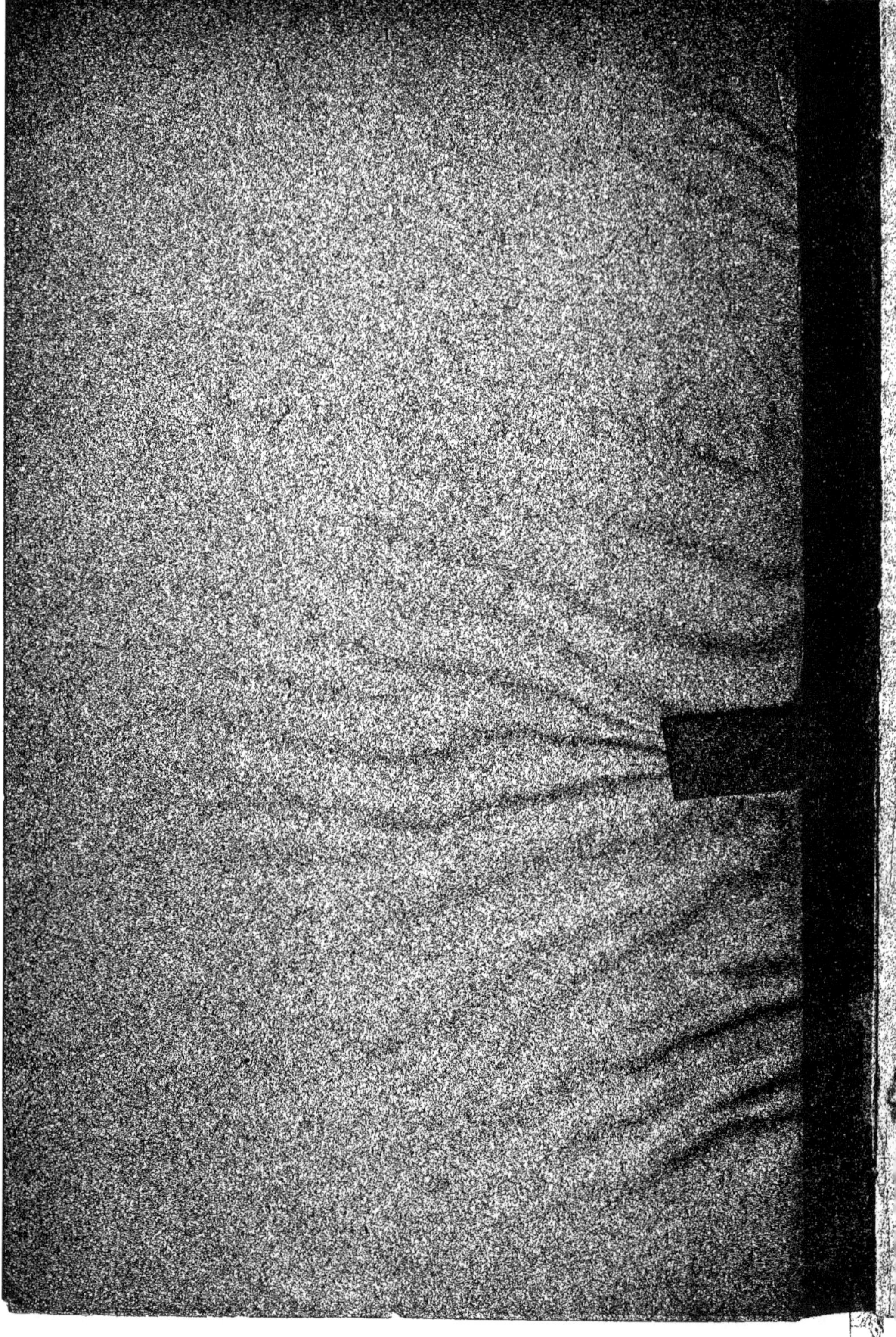

# PROCLAMATION

DU

# MAHDI DU SOUDAN[1]

بسم الله الرحمن الرحيم        صلى الله على سيدنا محمد واله وصحبه وسلم تسليما

وبعد فمن عبيد ربه تعالى محمد المهدى بن سيد عبد الله الى الشيخ عبد النبى

لا يخفى عليكم بتغير الزمان وترك السنن ولايرضى بذلك ذو الايمان والوطن بل

يترك ذلك الاهل والاوطان والموطن للشامة الدين والسنن ولايتبعد عن ذلك

وغيرة الاسلام للمومن تحجبه عن ذلك ثم انه تبين مما اراد الله تعالى في ازله

وفضائله ان تبضل على عبده الحقير الذليل الفقير اليه تعالى بالخلافت الكبرى اعلمنى

سيد الوجود ص ع م بانى المهدى المنتظر وخاطبنى عليه الصلاة والسلام بالجلوس على

كرسيه مرارا بحضرة الخلفاء الاربعة والاقطاب واخضير عليه السلام وايدنى الله

تعالى بالملايكة المقربين وستين الفا من الاولياء الاموات وهى حالة الحرب بحضر

امام جيشى سيد الوجود ص ع م بذاته الكريمة والخلفاء والاقطاب واخضير عليه

السلام واتانى بنصر النصر من حضرته ص ع م وعلمت انه لاينصر على معه احد

ولنو الثقلين الانس والجن ثم اعلمنى سيد الوجود ص ع م ان الله جعل لك على

المهدية علامة وهى الان على خدى الايمن وجعل لى علامة اخرى تخرج راية من نور

معى في حالة الحرب يحملها عزرايل ع م عقب ذلك انك مخلوق من نور

عناه قلبى فمن له سعادة صدق بانى المهدى المنتظر ولاكن الله جعل لك قلوب

الذين يحبون الجاه والنفاق بلا يصدفون وى حرصا على جاههم قال ص ع م حب

الجاه والمال ينبتان النفاق فى القلوب كما ينبت الماء البقل وجاء فى الاثر اذا رأيتم

العالم يحب الدنيا فاحذروا منه وجاء فى بعض الكتب القديمة لاتسئل عنى عالما

اسكره حب الدنيا يصدك عن طريف محبتو اولئك هم قطاع الطريق على عبادى

ولما حصل يا سيدى من الله ورسوله بالخلافة الكبرى امرنى صلى الله عليه وسلم

<hr>

(1) Le texte complet de cette proclamation est dû à M. le lieutenant Le Châtelier, chef du poste d'Ouargla, qui a pu s'en procurer une copie venant de R'at.

بالهجرة الى جبل فدير ملصف ماسة وامرنى ان اكاتب بها جميع المكلفين
وكاتبت الامراء ومشايخ الدين بانكر الاشفياء وصدق الصديقون الذين لايبالون
بما لقوه فى الله من المكروه وما باتهم من المحبوب بل ناظرون الى وعَده سبحانه
وتعالى لقوله تلك الدار الاخرة نجعلها للذين لا يريدون الافساد الاية وحيث
الامر لله بالمهدية المنتظرة ارادها واختارها لعبده اكفير محمد بن عبد الله فيجب التسليم
والتصديق لارادة الله تعالى واماكون المولى سبحانه وتعالى يتفون اليه بالمنقول
لابمناسبة العقول وكون اكيرى الاتباع والشر فى الابتداع بهو كذلك وفد اجتمع
السلف والخلف على تفويض العلم لله سبحانه وتعالى بعلمه لايتفيد بضبط الفوانين
ولابعلوم المتقنين بل يمحو الله ما يشاء ويثبت ولايحيطون بشى من علمه الا بما شا
وعنده مفاتيح الغيب لا يعلمها الاهو ولايسئل عما يفعل و يفعل ما يشاء ويختار ويخص
من يشاء برحمته لاسيما وفد قال الشيخ محى الدين بن العربى رضى الله عنه
كذبت فى المهدى اربعة عشر نسخة من نسخ اهل الله وفال سيخرج من جهة
لايعرفونها وعلى كل ينكرونها ولايخبى عليكم ان النالبفات الواردات فى المهدى
منها الاثار وكشبف العلماء فيختلف كل منها كما علمت من انه يمحو الله ما يشاء
لاية ومنها الاحاديث فمنها الصعيفة والموضوعة والمعجوجة والمفطوعة بل الحديث
الصحيح ينسخه الحديث الصحيح كما ان لاية تنسخها لاية وحقيقة ما ذكر على
ما هى عليها لايعرفها لا اهل المشاهدة والبصاير هذا وفد اخبرنى به ص ع م بفوله ان
من شك فى مهديتك كبر بالله ورسوله كررها ثلاث مرات هذا ما اخبرتكم به
من فصة خلاوتى بالمهدية وفد اخبرنى به ص ع م بفظة فى حال الصحة خالى من
الموانع الشرعية لابنوم ولا بجال مرض ولابذنب ولاسكر ولاجنون بل متصب بصحة
العفل فبوا اثر رسول الله ص ع م فى لامر وفيما امربه والنهى فيما نهى عنه والهجرة
المذكورة بالدين واجبة كتابا وسنة واروا كتابا وسنة فال الله تعالى والذين هاجروا
فى الله من بعد ما ظلموا الى اكبر وفال ص ع م من وربديند من ارض الى ارض
ولو بشبر من لارض فبد وجبت له الجنة وكان رفيف لابراهيم خليل الرحمان ونبيه
محمد ص ع م الى غير ذلك من لايات ولاحاديث واجبة داعى الله و رسوله
فال الله تعالى واتبع سبيل من اناب الي فاذا فهمتم ما ذكر فبد امرنا جميع المكلفين

بالهجرة امرا عاما فمن تخلف عنه دخل في وعيد قوله تعالى قل ان كان اباوكم
وابناوكم واخوانكم الى قوله فتربصوا حتى ياتي الله بامره وقوله يايها الذين امنوا
اذا قيل لكم انفروا في سبيل الله الى يعذبكم عذابا اليما واذا بهمتم ما ذكر بهم
الينا ولا تخافوا من احد غير الله بان خوف الخلف من عدم الايمان والوثوق بالله
قال تعالى فلا تخشوا الناس واخشون لاسيما وقد وعد الله في كتابه العزيز بنصر من
ينصر دينه قال تعالى اذن للذين يقتلون بانهم ظلموا الى قدير ولينصرن الله من
ينصره ان تنصروا الله ينصركم ويثبت اقدامكم وجاء في الحديث القدسي اما
وعزتي وجلالي ما استعصم عبد من عبادي دون خلقي اعلم ذلك يفينا من قلبه
فتكيده السموات السبع والارضون السبع لاجعلت له منهن فرجا ومخرجا لاوعزتي
وجلالي وعظمتي ما استعصم دوني عبد من عبادي في من مخلوق لاقطعت له
السموات السبع والارضون السبع وخسفت الارض من دونه ولا ابالي في اى واد
هلك وحيث علمتم ايجاب ما ذكر فان لم تاتونا سريعا الى نصرة الدين تلزمكم
العقوبة عند الله حيث انكم ازمة الخلف روسها فمن كان مهتما بايمانه شفيفا على
امر ربه اجاب الدعوة واجتمع معنا سريعا ولبكن معلومكم انى من نسل رسول الله
صلى الله عليه وسلم بابى حسنى من جهة ابيه وامه وامى كذلك من جهة امها
وابيها عباسية والعلم عند الله ان لى نسبة الى الحسنى وهذا مالزم تحريره والسلام


## TRADUCTION

Au nom du Dieu clément et miséricordieux. Qu'il répande ses
bénédictions sur notre Seigneur Mohammed, sur sa famille et ses
compagnons et leur accorde le salut.

De la part de l'humble serviteur de son Dieu (qu'il soit exalté sans
cesse!) Mohammed El Mahdi ben Sid Abd Allah au cheïkh Abd
En-Nebi.

Vous n'ignorez pas combien notre époque est bouleversée et dans
quel abandon sont laissées les traditions dirigeantes. Une telle situation n'est pas acceptée par l'homme doué de foi et d'intelligence;
elle est le fait des peuples et des masses et de ceux qui s'appliquent
à saper la religion et les traditions.

On ne peut rester impassible devant un pareil état de choses, et le zèle jaloux pour l'Islam qui doit animer tout vrai croyant, lui impose le devoir de réagir.

En conséquence, Dieu (qu'il soit exalté!) par une manifestation de sa volonté et agissant selon ses vues éternelles et ses arrêts immuables, a eu la magnanimité de donner à son humble adorateur, vil et pauvre à ses yeux, le Vicariat suprême.

Le Seigneur de l'existence[1] (que la bénédiction de Dieu soit sur lui!) m'a annoncé que j'étais le Mahdi attendu et m'a désigné comme son successeur (que Dieu le bénisse!) en m'invitant à plusieurs reprises à m'asseoir sur son trône, en présence des quatre khalifes, des pôles mystiques[2] et d'El Khodeir[3] (que Dieu lui accorde le salut!)

Dieu me fait assister par les anges qui l'approchent le plus près et par soixante mille saints trépassés.

Au moment du combat, paraîtront devant mes troupes le Seigneur de l'existence (que Dieu le bénisse!) en sa personne auguste, les pôles mystiques et El Khodeir (que Dieu lui accorde la paix!)

Il m'a remis de sa main le sabre de la victoire et m'a annoncé que grâce à ce glaive personne ne triompherait de moi, seraient-ce même tous les êtres des deux races, hommes et génies.

Le Seigneur de l'existence (que Dieu le bénisse!) m'a appris ensuite que Dieu m'avait donné un signe comme marque distinctive de ma mission dirigeante. Ce signe existe actuellement sur ma joue droite. Il m'a donné également un autre signe d'élection : c'est un étendard lumineux qui m'accompagnera au moment du combat, porté par Azraïl (que Dieu lui accorde le salut!) Il a ajouté: « Tu as été créé d'une lumière qui est l'émanation intime de mon cœur. »

---

(1) Les théologiens musulmans disent que Mahomet a été créé avant tous les temps, ce qui explique l'expression de Seid El Oudjoud, seigneur de l'existence. La première chose que Dieu créa fut la lumière, Nour, et c'est de cette substance que l'âme de Mahomet fut tirée.

(2) Personnages honorés particulièrement des faveurs divines; ministres prédestinés de Dieu sur la terre.

(3) Khodeir ou Khidr est un personnage mystérieux auquel il est fait allusion dans la sourate 18 du Koran et que les musulmans regardent comme prophète. Il aurait trouvé la fontaine de la vie, bu de ses eaux et acquis ainsi l'immortalité. « D'après les traditions, Khidr aurait été le compagnon et le conseiller de Doul Korneïn, qui n'est pas Alexandre le Grand, mais un monarque plus ancien que lui. Alexandre le Grand n'aurait pris le nom d'Iskander Doul Korneïn qu'à son imitation et à cause de ses grandes conquêtes. »

Ceux qui comptent parmi les heureux [1] croiront donc que je suis le Mahdi attendu.

Mais Dieu a mis dans le cœur de ceux qui aiment la vaine gloire des sentiments de révolte. Ceux-là ne croiront pas en moi, par désir de conserver leurs honneurs. Le Prophète (que Dieu répande sur lui ses bénédictions!) a dit: « L'amour des honneurs et des richesses fait naître la rébellion dans les cœurs comme l'eau fait croître la verdure. »

Il est dit dans les *Atsar* (Recueil de traditions saintes): « Lorsque vous verrez un savant aimant les choses de ce monde, tenez-vous en garde contre lui. » Il est dit également dans certains livres anciens : « N'interrogez pas sur moi un savant enivré par l'amour des biens d'ici-bas ; il vous détournerait de la voie qui rassemble ; ceux-là sont pour mes adorateurs des coupeurs de route. »

Dieu et son prophète m'ayant confié le Vicariat suprême, Mohammed (que Dieu répande sur lui ses bénédictions et lui accorde le salut!) m'a enjoint de fuir au Djebel Kadir [2], attenant à Massa, et m'a ordonné d'écrire de là à tous les chefs responsables. J'ai donc écrit aux émirs et aux cheïkhs de la religion. Les réprouvés nieront; mais ils croiront, les vrais fidèles qui sans s'inquiéter des maux qu'ils souffriront pour Dieu ou des biens terrestres qui leur échapperont, n'ont en vue que la promesse faite par sa parole (que sa grandeur et sa gloire soient proclamées!); « Cette demeure de la vie future, nous la donnerons à ceux qui ne cherchent pas (à s'élever au-dessus des autres) ni à faire le mal [3]. »

Le pouvoir suprême appartenant à Dieu, il a bien voulu confier la mission de Mahdi à son méprisable serviteur, Mohammed ben Abd Allah, et le choisir pour l'accomplir.

---

(1) Dans la sourate de Houd, il est dit de ceux qui seront présentés au Jugement de Dieu qu'il y a parmi eux des heureux et des malheureux, c'est-à-dire, des élus et des réprouvés. Le décret éternel, disent les commentateurs, destine les uns au bonheur et les autres au malheur éternel, sans que rien puisse empêcher l'exécution de l'arrêt divin. On cite un Hadits de Mahomet qui disait lui-même à ce propos: « La sourate de Houd m'a fait blanchir avant le temps. »

(2) C'est au Djebel-Kadir, à trois journées S.-E. du Djebel Nouba, que le mahdi se réfugia en décembre 1881, poursuivi par Rached Bey, moudir de Fashoda. C'est près de cette montagne qu'il battit les troupes de ce moudir, le 3 décembre de la même année.

(3) Koran, sourate 28, verset 83.

Il faut donc s'abandonner sans réserve à la volonté de Dieu (qu'il soit exalté!) et s'y soumettre avec confiance.

Nous croyons à l'existence du Maître suprême (que sa gloire soit toujours proclamée et qu'il soit exalté sans cesse!) en vertu des révélations transmises et non par suite d'un simple effort de la raison. L'essence du bien consiste à suivre les voies tracées, et celle du mal à innover. Pour lui, il en est de même.

Les générations passées et présentes ont été unanimes pour reconnaître à Dieu (qu'il soit exalté!) l'attribut de la science absolue. Cette science n'est régie et limitée ni par des règles fixées, ni par les connaissances des plus habiles savants.

« Dieu efface ce qu'il veut et maintient ce qu'il veut [1]. » « Les hommes n'embrassent de sa science que ce qu'il veut [2]. » Il a les clés des choses cachées, lui seul les connaît [3]. On ne peut lui demander compte de ce qu'il fait; il fait ce qu'il veut; il choisit et élit à sa miséricorde celui qu'il veut entre tous.

Le cheikh Mohi Eddin ben El Arbi (que Dieu l'agrée!) a dit: « Quatorze ouvrages émanant des gens de Dieu ont parlé de la mission du Mahdi et l'ont traitée de mensongère. » Il a dit également: « Il surgira d'une région que l'on ne connaîtra pas et dans une situation que l'on niera. »

Vous n'ignorez pas que parmi les ouvrages traitant du Mahdi sont les *Atsar* et le *Kechf El Eulama*. Ils sont en désaccord; mais vous savez que Dieu efface ce qu'il veut, etc.; viennent ensuite les *Hadits*: il en est qui sont peu précis, apocryphes, incohérents ou tronqués. Mais le hadits vrai est abrogé par le hadits vrai, de même que le verset est abrogé par le verset [4].

Dans ces conditions, leur authenticité ne peut être affirmée que par des témoins ou par des voyants. Or le prophète (que Dieu répande sur lui ses bénédictions et lui accorde le salut!) m'a fait connaître la vérité par ces paroles: « Celui qui doute de ta mission dirigeante, renie Dieu et son prophète. » Par trois fois, il m'a répété ces mots.

Voilà ce que j'avais à vous apprendre au sujet de ma mission. Le prophète (que Dieu lui accorde ses bénédictions!) m'a annoncé la chose alors que j'étais dans l'état de veille, en pleine santé, exempt

---

(1) Korán, sourate 13, verset 25.
(2) Koran, sourate 2, verset 256.
(3) Koran, sourate 6, verset 59.
(4) L'abrogation de certains versets est indiquée dans le Koran d'une façon formelle, sourate 2, verset 100; sourate 16, verset 103.

de tout empêchement légal et non dans l'état de sommeil, de maladie, de péché ou de possession démoniaque; je me trouvais en possession de toutes mes facultés intellectuelles.

Suivez la voie tracée par le prophète (que Dieu le bénisse!) et attachez-vous à ordonner ce qu'il a ordonné et à interdire ce qu'il a défendu.

La fuite pour la religion est obligatoire d'après le Koran et la Sonna est nécessairement évidente d'après les mêmes autorités.

Dieu (qu'il soit exalté!) a dit: « Ceux qui ont quitté leur pays pour Dieu après y avoir souffert l'oppression... jusqu'à... plus magnifique[1]. » Le prophète (que la bénédiction de Dieu soit sur lui!) a dit: « Celui qui fuit pour sa religion de contrée en contrée, n'aurait-il parcouru qu'un empan de terre, a gagné obligatoirement le paradis et sera le compagnon d'Abraham, ami du Miséricordieux et de son prophète Mohammed (que Dieu le bénisse!). Il est bien d'autres versets ou hadits que Dieu et son prophète ont posés en dogmes obligatoires.

Dieu (qu'il soit exalté!) a dit: « Suis le sentier de celui qui revient à moi[2]. »

Si vous avez compris ce qui précède, nous ordonnons à tous les responsables de fuir pour la religion; c'est un ordre général. Celui qui y résistera sera compris parmi ceux à qui s'adresse la menace de Dieu: « Si vos pères, vos fils et vos frères, etc.... jusqu'à.... attendez-vous à voir Dieu venir accomplir lui-même son œuvre[3]. »

Et sa parole: « O vous qui croyez, lorsqu'on vous a dit: Allez combattre dans le sentier de Dieu.... jusqu'à.... Dieu vous châtiera d'un châtiment douloureux[4]. »

Si vous avez compris ce qui vient d'être dit, venez à moi et ne crai-

---

(1) Koran, sourate 16, verset 43 : « Nous donnerons une habitation honorable à ceux qui ont quitté leur pays après y avoir souffert l'oppression, mais la récompense de la vie future est encore plus magnifique. »

(2) Koran, sourate 31, verset 41.

(3) Koran, sourate 9, verset 24 : « Si vos pères et vos enfants, vos frères et vos femmes, et les biens que vous avez acquis, et le commerce dont vous craignez la ruine, et les habitations dans lesquelles vous vous complaisez vous sont plus chers que Dieu, son apôtre et la guerre sainte, attendez-vous à voir Dieu venir lui-même accomplir son œuvre. »

(4) Koran, sourate 9, versets 38 et 39 : « O croyants, qu'avez-vous donc? Lorsqu'au moment où l'on vous a dit: allez combattre dans le sentier de Dieu, vous vous êtes montrés lourds et attachés à la terre. Vous avez préféré la vie de ce monde à la vie future; les jouissances d'ici-bas sont bien peu de choses, comparées à celles de la vie future. Si vous ne marchez pas au combat, Dieu vous châtiera d'un châtiment douloureux. »

gnez rien de personne autre que Dieu ; la crainte des créatures provient d'une foi faible et du manque de confiance en Dieu. Il a dit (qu'il soit exalté !) : « Ne craignez pas les hommes ; craignez surtout…. »

Dieu a promis dans son livre puissant de faire triompher ceux qui combattent pour le triomphe de la religion. Il a dit (qu'il soit exalté) : « Il a promis à ceux qui ont subi l'injustice de combattre leurs ennemis….. jusqu'à…. capable[1]. » Certes, il assistera ceux qui combattent pour lui. Si vous secourez la religion, Dieu vous donnera la victoire et affermira vos pas[2].

Il est dit dans le hadits sacré : « Certes, je le jure par ma puissance et ma gloire, qu'un de mes adorateurs implore ma protection, à l'exclusion de toute créature et que je sache qu'il m'invoque du fond de son cœur : les sept cieux et les sept terres pourront s'entasser sur lui et l'enserrer dans leur masse ; je saurai lui trouver une issue et l'en délivrer.

« Par ma puissance, ma gloire et ma magnificence, qu'un de mes adorateurs cherche en dehors de moi un refuge auprès d'une créature : je saurai briser pour l'atteindre les sept cieux et les sept terres, engloutir le sol sous ses pas, sans m'inquiéter dans quelle vallée il aura péri. »

Puisque vous devez reconnaître l'obligation de ce qui précède, si vous ne venez pas promptement à nous pour *assurer le triomphe* de la religion vous aurez mérité un châtiment auprès de Dieu ; car vous êtes les guides des peuples et leurs têtes. Quiconque est zélé pour sa foi, quiconque craint et respecte les ordres de Dieu, répondra à cet appel et se joindra promptement à nous.

Sachez que je suis de la lignée de l'envoyé de Dieu (que Dieu répande sur lui ses bénédictions et lui accorde le salut !) Mon père est de la descendance d'Hassan par son père et par sa mère ; ma mère est issue d'Abbas par sa mère et par son père. Dieu sait, mieux que personne, que je puis faire remonter ma généalogie jusqu'à Hassan.

Voilà ce que je devais vous écrire. Salut !

A. DE C. MOTYLINSKI.

---

(1) Koran, sourate 22, verset 40 : « Il a promis à ceux qui ont reçu des outrages de combattre leurs ennemis ; Dieu est capable de les protéger. »
(2) Koran, sourate 22, verset 41.

Alger. — Imp. de l'Association ouvrière, P. Fontana et Cⁱᵉ.